Bezpieczne miejsce
Małej Małpki

Little Monkey's One Safe Place

Richard Edwards • Susan Winter

F
FRANCES LINCOLN
CHILDREN'S BOOKS

Mała Małpka bawiła się wysoko w koronach drzew.

Little Monkey was playing high up in the treetops.

Wspinała się

He climbed

i skakała.

and he jumped.

Zwieszała się z gałęzi

He swung by his hands

na rękach i na nogach.

and he swung by his feet.

Bawiła się tak przez cały poranek, aż zmęczona
znalazła wygodne miejsce wśród gałęzi, i
zwinęła się, aby uciąć sobie drzemkę.

All morning he played until, tired out,
he found a comfortable place in the branches
and curled up for a sleep.

Ale kiedy Mała Małpka spała, rozpętała się
burza, a ciemne chmury zasłoniły słońce.
Błysnęło, huknęło i porywy wiatru wyrwały
Małą Małpkę ze snu. Była przerażona burzą,
jednak trzymała się mocno drzewa i zsunęła
się na ziemię.

But while Little Monkey was sleeping a storm blew up
and dark clouds covered the sun. Lightning flashed,
thunder crashed and gusts of wind shook Little Monkey awake.
   He was scared by the storm, but he held on tight
to the tree and scrambled down to the ground.

W strugach deszczu pobiegła pędem do domu.

Then he ran home through the rain.

„Byłam przerażona" – powiedziała
Mała Małpka swojej mamie.

"I was afraid," said Little Monkey
to his mother.

Mama utuliła Małpkę.
„Już wszystko dobrze, Mała Małpko.
Teraz jesteś bezpieczna. Nie zapomnij,
że jest takie miejsce, w którym zawsze
znajdziesz schronienie".
„Gdzie to jest?" – zapytała Mała Małpka.
„Nie wiesz?"
Mała Małpka pokręciła głową.
„Zatem przekonajmy się, czy potrafisz je
znaleźć" – powiedziała mama.

She cuddled him.
"It's all right, Little Monkey. You're safe now.
Don't forget, you've always got one safe place."
"Where?" asked Little Monkey.
"Don't you know?"
Little Monkey shook his head.
"Well, see if you can find it," said his mother.

Tak więc Mała Małpka wyruszyła w poszukiwaniu
miejsca, w którym mogłaby się schronić.

So Little Monkey went looking for his one safe place.

Najpierw pobiegła do pustego
drzewa i wdrapała się do środka.

First he ran to a hollow tree and
climbed inside.

Jednak pojawił się duży, zielony
wąż i swym sykiem przegonił
Małą Małpkę.

But a big green snake
came hissing and chased
Little Monkey away.

„To nie jest moje bezpieczne miejsce" –
powiedziała Mała Małpka.

"That's not my one safe place,"
said Little Monkey.

Pobiegła więc do rzeki i pluskając,
przeszła przez wodę do wysepki.

He went down to the river
and splashed across to an island.

„A może to tu będę mogła się schronić" – pomyślała.

'Perhaps this is my one safe place,' he thought.

Jednak pojawił się wielki zielony krokodyl i kłapiąc
paszczą przegonił Małpkę z powrotem na brzeg.

But a big green crocodile came snapping
and chased him back to the bank.

„To nie jest moje bezpieczne miejsce" –
powiedziała Mała Małpka.

"That's not my one safe place,"
said Little Monkey.

Mała Małpka przemierzyła całą dżunglę w poszukiwaniu swego bezpiecznego miejsca.

Little Monkey searched all through the jungle for his one safe place.

W końcu dotarła do ciemnej
jamy i zajrzała do niej.
Wszędzie panowała cisza.

At last he came to a
dark cave and peeped in.
Everything was quiet.

„A może to tu się schronię" –
pomyślała i wpełzła do środka.

'Perhaps this is my one safe place,'
he thought, and he crept inside.

Nagle jednak usłyszała warczenie i zobaczyła
błyszczącą w ciemności parę wielkich zielonych oczu.
Mała Małpka podskoczyła i zaczęła biec tak szybko,
jak tylko mogła.

But suddenly he heard a growl and
saw a pair of big green eyes glaring
from the shadows.

Little Monkey jumped up and ran
away as fast as he could.

Pędziła tak z powrotem przez las, aż dotarła
do polany, na której czekała jej mama.

„No i?" – zapytała mama – „Czy znalazłaś
swoje bezpieczne miejsce?"

Back through the forest he raced, until he reached
the clearing where his mother was waiting.
    "Well?" she asked. "Have you found
your one safe place?"

„Nie" – powiedziała Mała Małpka ze smutkiem.
„Zajrzałam do drzewa, ale nie było tam bezpiecznie.
Sprawdziłam przy rzece, ale nie było tam
bezpiecznie.
Weszłam do jamy, ale nie było tam bezpiecznie.
Chyba nigdy nie znajdę mego bezpiecznego miejsca".
I łza spłynęła jej po policzku.

"No," said Little Monkey sadly.
"I looked in a tree, but that wasn't it.
I looked by the river, but that wasn't it.
I looked in a cave, but that wasn't it.
I don't think I'll ever find my one safe place."
    And a tear trickled out of his eye.

„Chodź tu" – powiedziała mama Małej Małpki.
Mała Małpka pochyliła się i przywarła do ciepłego
ciała matki. Mama objęła Małpkę ramionami i
zamknęła ją w uścisku.

"Come here," said Little Monkey's mother.
Little Monkey pressed forward against her
warm body. She closed her arms around him,
wrapping him up.

„To jest twoje bezpieczne miejsce" – powiedziała.
„Jest tu. W moich ramionach".
Mała Małpka uśmiechnęła się i zaczęła się radośnie
wiercić, gdy mama ją tak przytulała.

"This is your one safe place," she said.
"It's here. It's in my arms."
Little Monkey smiled and wriggled happily
as his mother hugged him.

Teraz wiedziała już, gdzie
może się schronić.

At last he had found his
one safe place.